LETTRE

SUR LE DE'BUT

DE MADEMOISELLE

CLAIRON

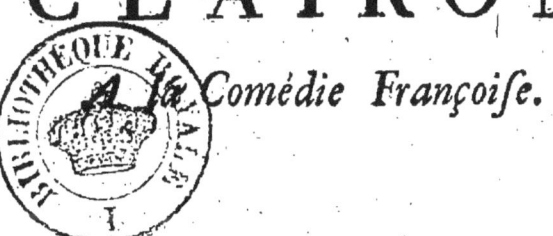

A la Comédie Françoise.

LETTRE

A MADAME

LA

MARQUISE. V..... DE G...

SUR LE DE'BUT

DE MADEMOISELLE

CLAIRON

A la Comédie Française.

Sic incipies.

A LA HAYE.

M. DCC. XLIV.

LETTRE

SUR LE DÉBUT

DE MADEMOISELLE

CLAIRON,

A la Comédie Française.

J'Ai eu l'honneur, Madame, de vous informer du succès, avec lequel Mademoiselle Clairon a débuté à la Comédie Française. Vous voulez que j'entre dans un détail circonstancié, & que je vous remette sous les yeux son goût, son jeu, le genre qui lui est propre, ainsi que les endroits des piéces où elle a

A iij

préférablement enlevé les suffrages.
Vous exigés encore que je crayonne
son portrait, & que je vous rapporte
quelques faits qui la regardent ; je me
soumets à vos ordres, Madame. Heureux, si votre génie m'inspiroit ! Que
ne puis-je écrire comme vous pensés.

Mademoiselle Clairon est âgée de
22. ou de 23 ans : elle est extrémé-
ment blanche : sa tête est bien placée :
ses yeux sont grands ; pleins de feu, &
respirent la volupté. Sa bouche est or-
née de belles dents : sa gorge est bien
placée, elle s'éleve sans affectation ;
on gagne à l'examiner un plaisir que
les autres sens seroient jaloux de par-
tager avec la vüe. Sa taille est aisée ;
elle se présente avec beaucoup de dé-
cence. Un air modeste & prévenant in-
téresse en sa faveur. Sans être une beau-
té accomplie, il faut lui ressembler pour
être charmante. Son esprit est pétillant,
sa conversation douce & engageante.
Musicienne, Actrice, amie des Arts
& leur éleve, elle est propre à tout,
& sans faire d'effort, elle se trouve na-
turellement ce qu'elle veut être.

Telle est la personne : voici l'Actrice.

Mademoiselle Clairon a joué dans les Provinces les rolles de *Suivantes* : elle a été extrémêment goutée à Rouën & en Flandres où on ne joüit pas de l'activité pleine de saillie & de naturel de mademoiselle *Dangeville*, ni de la finesse, toujours nouvelle, de l'inimitable *Silvia*.

Des talens estimables, quoiqu'ordinaires * ayant trouvé de l'indulgence à Paris sous les auspices d'un Acteur qui* ne doit rien à la nature, & à qui nous sommes redevables de quelques bons Essais & d'une connoissance raisonnée, & philosophique de son Art : Mademoiselle Clairon crût pouvoir se hazarder au jugement du Public, & choisit le Théâtre de l'Opéra. Ce lieu, vous le sçavez, Madame, est l'empire de l'illusion. On y exprime ce qu'on ne sent pas ; en y soupirant de feintes passions, on y en fait naître de véritables, & souvent même de généreuses : mais comme tout y est magie, les plus séduisantes idées s'évanoüissent quelquefois aussi-tôt que les palais enchantés & les décorations.

* Mademoiselle Gaultier.
* Monsieur De la Noüe.

A iiij

Il eſt rare que l'on n ait pas au-de-
dans de ſoi-même un preſſentiment de
ſon bonheur, ou de ſon infortune. Mademoiſelle Clairon chanta avec une crain-
te intérieure & une confiance apparente :
elle eut des applaudiſſemens; mais ſa deſ-
tinée n'étoit pas de ſe fixer dans le Royau-
me des preſtiges : elle devoit faire ſa ré-
putation & notre plaiſir dans le temple
de *Melpomene.* Néanmoins les reſſour-
ces qu'elle avoit fait paroître dans dif-
férents rolles , ſon émulation & ſon ar-
deur découvrirent ſa capacité , & les
intelligens ſe piquerent d'avoir trouvé
dans le caractere de ſon jeu le préſage
de ſa gloire à venir.

La ſageſſe conſiſte à démêler ſon talent
au travers de ſon amour propre & des
complaiſances d'autrui. Mademoiſelle
Clairon a ſurprit le ſien. Elle débuta
à la Comédie Françaiſe , au mois de
Septembre dernier , par le rolle de
Phédre. Quelle fut la ſurpriſe du Public , d'apprendre qu'une jeune actrice , ſans maître que ſon génie , ſans
ſoutien que ſon déſir de plaire ; ſans
eſpoir que celui de rencontrer des ju-
ges intégres & éclairés , ſe diſpoſoit
aux perſonnages les plus ſérieux & les
plus graves ! Les ſyſtêmes voltigerent

alors de cercles en cercles, de Théâtres en Théâtres, avec le peu de pe-
tits-Maîtres que la Guerre laiſſoit à Paris pour notre martire & leur deshon-
neur. On citoit les *Le Couvreur*, les
Dumenil. On comparoit d'avance ces
Actrices renommées avec la nouvelle
débutante, qui n'étoit connüe de perſonne. La jeuneſſe avoit déja pris par-
ti pour ou contre. Les ſages en ſilence
attendoient que Mademoiſelle Clairon
ſe fit connoître. Elle parut ; elle joua ;
ils déciderent. Tout fut donné natu-
rellement à l'éloge, & preſque rien à
la critique. Je ſuis ici, Madame, en
partie leur écho : ſi je ne vous ſatis-
fais pas croyez que je ne le ſuis
que de moi-même.

Mademoiſelle Clairon a ſur le Théâtre un air noble & élevé. Sa démarche
attire les regards, & ſon maintien les
fixe. La confiance avec laquelle elle
ſe préſenta plût aux ſpectateurs. Sur la
Scene comme dans le monde, le pre-
mier pas eſt celui qui décide pour toute
la vie. Qui cauſe du plaiſir aux autres s'en apperçoit : la nouvelle Actrice
lût la ſatisfaction dans les regards de

la nombreufe affemblée : elle ne mon-
tra fa joië, que par de nouveaux efforts ; & le public profita de ce qu'il
faifoit éclore.

Remettrez-vous, Madame, ce bel
endroit, ou *Phédre* veut & n'ofe décou-
vrir fon amour ; commence des difcours
fuivis & fe perd infenfiblement dans fes
illufions.

>> Que ces vains ornemens, que ces voiles
>> me péfent !
>> Quelle importune main, en formant tous
>> ces nœuds,
>> A prit foin fur mon front d'affembler mes
>> cheveux !
>> Tout m'afflige, me nuit & confpire à me
>> nuire, &c.

Il n'y eut pas un feul mot, un feul
mouvement qui ne fût d'après nature.
Rien de mieux touché que l'égarement
de *Phédre*.

>> Dieux ! que ne fuis-je affife à l'ombre
>> des forêts.
>> Quand pourrai-je au travers d'une noble
>> pouffiere,

» Suivre de loin un char fuyant dans la
» carriere , &c.

Avec quel caractére de tendreſſe &
de honte ne prononça-t-elle pas :

» J'offrois tout à ce Dieu que je n'oſois
» nommer.

Il ſembloit d'un côté qu'elle s'ap-
plaudiſſoit d'avoir donné ſon cœur à
Hipolite , & de l'autre , elle étoit tour-
mentée de ſecrets remords : on voyoit
dans ſes yeux ce qu'elle ſouffroit, en
offrant aux Dieux des ſacrifices impoſ-
teurs. Avec une telle Actrice, il ne faut
point faire d'efforts pour ſe mettre
dans la poſition du perſonnage , il ne
s'agit que de penſer comme celle qui le
répréſente ; la copie alors devient égale
à l'original. Les connoiſſeurs furent ra-
vis de la façon dont elle anima ce paſ-
ſage :

» Où me cacher ? Fuyons dans la nuit in-
» infernale ......
» Mais que dis-je ? Mon Pere y tient l'urne
» fatale :

» Le fort, dit-on, l'a mife en fes féveres
  » mains :
» Minos juge aux Enfers tous les pâles hu-
  » mains , &c.

Quelle ame, quelle frayeur, quelles
images fe peignirent alors fur fon vi-
fage ! Son gefte vif d'abord fe rallentit ;
le feu de fon extérieur s'éteignit ; fa
voix s'affoiblit infenfiblement , de telle
forte que l'on découvroit que c'étoit
moins l'artifice de fon talent que l'é-
puifement de la nature. On a prétendu
qu'elle copioit Mademoifelle *Dumenil*.
Pourroit-elle choifir un meilleur mo-
dele ? Mais non : leur jeu ne fe ref-
femble qu'en ce qu'il eft conduit avec
des progreffions délicates & impercep-
tibles. Je fçais que Mademoifelle *Du-*
menil eft une Actrice confommée, &
que Mademoifelle Clairon eft dans fon
aurore : néanmoins il me femble que
cette premiere Scene eft peut-être ren-
düe avec plus de dignité & de naturel par la derniere. Dans le refte de la
Piéce, j'aurois peine à affigner les points
de fupériorité de l'une fur l'autre , fi
ce n'eft dans ce morceau critique que

Mademoiſelle *Dumenil* exprime d'une façonàn'être jamaiségaléepar perſonne.

> » Je ſais mes perfidies ,
> » Ænone, & ne ſuis point de ces femmes
> » hardies
> » Qui gardant dans le crime une profonde
> » paix.
> » Ont ſçu ſe faire un front qui ne rougit
> » jamais.

Il y a dans chaque choſe le coup de maître , que l'Artiſte , l'Auteur & l'Acteur impriment à leurs productions. C'eſt la marque ſecrete que les plus habiles éleves peuvent à peine appercevoir , & rarement copier. Sans doute que Mademoiſelle Clairon s'en choiſira une qui ne ſera pas ordinaire.

Après *Phédre* on donna *Zénobie*. Le récit de la premiere Scene eſt très-difficile. Mademoiſelle Clairon s'en acquita avec une préciſion admirable. Ayant animé de tout ſon feu l'image de la fureur de ſon Epoux qui la précipite dans l'*Araxe* , elle s'arrête ſur cette peinture effrayante. Ses yeux ſe fixent , ſon viſage change , ſon émo-

tion devient trouble , fa paffion tranfport : à l'inftant où vous croyez qu'elle
va fe livrer aux mouvemens de haine
contre celui qui avoit eu deffein de lui
ravir le jour ; par la plus heureufe ré-
ticence elle demeure immobile , & fa
douleur ne parle que le langage de la
pitié.

       » Mon Epoux cependant preffé de toutes
           » parts
       » Tournant alors fur moi fes funeftes re-
           » gards . . . . ,
       » Mais loin de retracer une action fi noire,
       » D'un Epoux malheureux refpectons la
           » mémoire.

    Il n'y eut aucun Spectateur qui ne
fut tranfporté , lorfqu'elle intérompit
fa narration. Ses yeux , fon attitude,
fes bras, fon frémiffement , fon filen-
ce , tout parloit en elle , & cette voix
muëte charma tous les cœurs. Avec
quel dévelopement d'ame , & quelle
tendre émotion n'exprima-t'elle pas ces
deux vers.

» *Rh :* Zenobie ! *Zen :* ah ! Grans-Dieux.
» Cruel & cher Epoux,
» Après tant de malheur Rhadamiste est-
» ce vous ?

Depuis plusieurs années le Public en-
tend déclamer cette Tragédie par une
jeune & belle Actrice qui fait ses délices. Il aura déformais la satisfaction
de la voir représenter avec tous ses
avantages.

A *Zénobie* succéda *Ariane.* Le seul
Rolle , qui donne le nom à la piéce est
intéreffant. Mademoiselle Clairon y
triomphe : toujours Maîtresse de la Scene , elle se trouve dans toutes les posi-
tions possibles. Grande , humble , forte
foible , passionnée , furieuse , femme
en tout , elle ne laisse rien à désirer de
ce qui la caractérise. Toujours présente
à son Acteur , l'animant afin de profi-
ter de ses feux , elle se surpasse elle-même, & tout le monde avoüe, que jamais
Actrice n'a mieux rendu le désespoir
d'*Ariane.* Il est étonnant que Mademoiselle Clairon puisse toucher dans le tendre, féduire dans le passionné , attacher
dans

* Mademoiselle Gossin.

dans le naturel, & fixer dans le pathétique. Le Théâtre François est si-bien
composé en Actrices, qu'on n'ose pref-
que plus regréter les *Deseine* , les *Qui-
nault* & les *Balicour.* Puisse un heureux
Génie soutenir & fortifier les nouveaux
Acteurs qui commencent à marcher
sur les pas des *Duchemin*, des *Montme-
nil* & des *Dufrêne.*

    Electre est si intéressante, qu'il suffit
de la réciter pour plaire. Une Actrice
qui pense, joûte contre l'Auteur & en-
chérit sur ses idées. L'émulation de
Mademoiselle Clairon a été couronnée
dans cette rencontre. Elle rendit avec
le coloris & les nuances nécessaires, ce
beau commencément.

    »Témoin du crime affreux, que poursuit
     » ma vangeance,
   » O nuit, dont ant de fois j'ai troublé le
    » silence,
   » Insensible Témoin de mes vives douleurs;
   » Electre ne vient plus te confier ses
    » pleurs, &c.

On croyoit qu'elle copieroit sa re-
connoissance avec *Rhadamiste* dans celle

le qu'elle alloit joüer avec *Oreste*, & que
comme les Piéces de Monsieur de *Cré-
billon* ont le même air, & que les re-
connoissances font à peu-près semblables, la débutante imiteroit le Poëte.
On fut agréablement surpris de la varié-
té qu'elle y jetta : Il est glorieux d'avoir
plus d'un chef-d'œuvre dans le même
genre. J'ai fait une singuliére attention,
Madame, à sa conservation avec *Itis*
qu'elle aime, & qu'elle devroit haïr.
Pendant une partie du dialogue, elle ne
montre que de la fierté : son amour en
est au désespoir : pour se soulager, elle
tourne un regard vers le parterre : sa ten-
dresse sort de ce regard. L'orgüeil, la
hauteur, & le mépris, font pour le
malheureux Prince ; il ne voit dans
Electre qu'une amante inéxorable. Le
Spectateur est témoin & confident des
véritables sentimens de la fille d'*Aga-
memnon* : il voit combien elle souffre de
faire souffrir son amant, & il joüit de
son aimable repentir. Voilà de ces traits
de genie, & d'intelligence, qui décel-
lent une Actrice Supérieure, & qui
font honneur au Public à qui on ne les
adresse, que parce qu'on le connoît ca-

B

pable d'en fentir la valeur , & d'en ap-
prouver l'exécution. Il faut ici l'avoüer
à la gloire de l'illuftre Auteur de *Rha-
damifte* & d'*Electre*. Ses piéces ne doivent rien de leur force à ceux qui les
répréfentent. Combien d'ouvrages de
nos jours ne doivent leur fuccès paffa-
ger , qu'aux charmes de certaines Actrices , qui font illufion au public , fur
toutes les bagatelles qu'elles daignent
embellir?

Mademoifelle Clairon a joué *Atalide*
dans *Bajazet* , elle a répréfenté avec
ame , force , & même avec des entrailles. Il eft des jours d'infortune : elle
n'a pas réüffi dans ce rolle comme dans
ceux qui l'ont précédé. Il me femble
qu'il eft trop foible pour la nouvelle
débutante , & qu'elle n'a manqué qu'en
voulant lui prêter ce qu'il ne peut fouf-
frir; il demande non une fenfibilité d'art ,
mais de naturel & de tempérament. De
plus concourent dans ce poëme drama-
tique deux grans Rolles; celui de *Roxane*
& d'*Atalide*. Mais *Roxane* prime par-
tout : Mademoifelle *Duménil* , qui en
étoit chargée , en Actrice confommée ,
& qui étoit en place , fe manifefta d'une

façon fi diverfifiée , & fi nouvelle, qu'avec la fupériorité de fes talans & de fon perfonnage , elle fixa fur elle tous les regards. Les efforts de Mademoifelle Clairon ne pûrent percer ce nuage de gloire qui environnoit fa rivale , & elle demeura dans l'obfcurité. Il eft bien difficile à une jeune violette de briller , lorfqu'elle fe trouve à l'ombre d'une rofe majeftueufe qui prend plaifir à étaler la pompe de fes couleurs. Cependant elle exprima avec beaucoup {d'ame les derniers vers du cinquiéme Acte.

» Vous de qui j'ai troublé la gloire & le
    » repos
» Heros , qui deviés tous revivre en ce
    » Heros ?
» Toi , mere malheureufe , & qui dès no-
    » tre enfance
» Me confias fon cœur dans une autre efpé-
    » rance ;
» Infortuné Vifir ; amis défepérés ;
» Roxane , venés tous contre moi conjurés
» Tourmenter à la fois une amante éperduë
» Et prendre la vengeance enfin qui vous
    » eft due.

Le peu de fuccès que Mademoifelle Clairon avoit eu dans Atalide, lui fit abandonner ce perfonnage ; elle remplit celui d'*Hermione* : n'ayant plus Mademoifelle *Duménil* en préfence, elle raffembla aifément les applaudiffemens égarés. *Hermione* fut renduë avec la nobleffe, la force, la jaloufie que lui infpiroit la préfence d'une rivale ; furtout dans les converfatons raifonnées, & dans le monologue qui commence le cinquiéme Acte.

» Où fuis-je ? qu'ai-je fait ? que dois-je faire
» encore ?

» Quel tranfport me faifit ? quel chagrin
» me devore ?

» Errante & fans deffein dans ce vafte
» Palais :

» Ah ! ne puis-je fçavoir, fi j'aime ou fi je
» haïs.

On fut étonné de la vivacité de fa réplique à Orefte qui lui annonce en triomphant le meurtre de Pirrhus.

»
» Et

« Va faire chez tes Grecs admirer ta fureur ?
» Va , je la défavoüe & tu me fais horreur.
» Barbare, qu'as-tu fait ?

Voici maintenant , Madame, ce que
l'on penſe de Mademoiſelle Clairon
pour le Comique. Elle a du vif , du pétillant , de la fineſſe , mais un peu trop
de gravité ; & ce qui eſt ſingulier , c'eſt
que malgré tout ſon feu , très ſouvent
ſon jeu eſt froid dans ce genre. Elle a
paru avec diſtinction dans la *Nouveauté*,
petite Comédie qui ſera long-temps ce
que ſon titre annonce. Elle y chanta
pluſieurs airs. La netteté de ſa voix ,
ſon goût & ſes cadences aiſées firent un
plaiſir infini dans un ſéjour où la Muſi-
que eſt un talent qu'on n'y éxige point ,
& qu'on y rencontroit avec ſurpriſe.
Cependant , Madame , il eſt probable
qu'elle abandonnera les *Suivantes* , &
ne s'appliquera plus à un genre , où elle
auroit des Approbateurs , mais certai-
nement plus d'une ſupérieure. Elle cul-
tivera ſans doute le Tragique , dans lequel après quelques années & de l'étu-
de , elle ne rencontrera au plus que des
les.

Pour réunir fous un point de vûe ce
que l'on penfe fans partialité de Mademoifelle Clairon : Elle a un extérieur
avantageux , & qui féduira toujours.
Elle a de l'ame , des entrailles , de la
force , du pathétique & du ménagé. Elle pofféde le dégré précis des tranfi-
tions d'une paffion à une autre : elle entre dans le fens de fes Rôles , & en faifit
l'efprit ; prévient à propos & femble
avertir l'Auditeur lorfqu'elle eft fur le
point de lui faire entendre quelque pen-
fée frappante ; elle ne fe précipite point
de conclure fon difcours. Elle léve les
yeux avec expreffion , a un gefte aifé ,
varie fes agrémens : on ne lui repro-
chera pas une répétition de charmes.
Sa mémoire eft fûre , & ne chancelle jamais. Cet avantage , & la netteté de fa
prononciation font en elle plutôt des
prodiges que des dons de la Nature.
On trouve fa voix trop peu grave pour
le furieux , & trop éclatante pour le
tendre. On lui defireroit une plus grande liberté dans la converfation Théâtra-
le , & un foin plus exaĉt de partir jufte
à fon Aĉteur. Ce qui eft certain , Madame, c'eft que jamais aucune Aĉtrice

n'a débuté avec de fi grands talens , &
n'a encore donné de fi grandes efpéran-
ces d'une perfection totale. Elle ne fera
pas de tort au jeu naïf de Mademoifelle
Goffin , ni au majeftueux de Mademoifelle *Duménil* : mais réciproquement
aufli , les charmes de l'une & le fublime
de l'autre ne lui nuiront pas. Elles bril-
leront chacunes de leur lumiere , &
l'amufement du Public en fera plus affer-
mi , étant multiplié fi avantageufement.
Selon le caractere de Mademoifelle Clairon , on efpere qu'elle fera fes efforts
pour juftifier les applaudiffemens du Public qui lui donne tous les jours des
preuves de fon contentement , par des
fuffrages d'autant plus fincéres , qu'ils
font plus fouvent répétés. On eft per-
fuadé que Mademoifelle *Duménil* l'é-
claire de fes confeils & aide à la former.
Les perfonnes d'un vrai mérite font au-
deffus de la jaloufie. Cette condüite eft
digne de cette excellente Actrice , aufli
eftimée par les vertus de fon cœur, que
pour fes talens fur la Scéne.

In publick life by allnho fan approv'd
In private life by allnho knen her lov'd.

Adorée sur le Théâtre de ceux qui la voyent, elle fait les délices de ceux qui ont la satisfaction de la fréquenter dans le particulier. Sujette elle-même autrefois à d'injustes contradictions dont elle a triomphé ; elle aide & encourage une Eleve & une Amie qui avec des talens à peu près semblables, se trouve dans la même position : Heureux les cœurs qui sçavent compâtir aux maux qu'ils ont endurés !

Vous serez dans peu, Madame, à Paris, vous jugerez vous même de la sincérité & de la vérité de ce que j'ai hazardé. Je me ferai gloire de rectifier mon jugement sur vos opinions, & de vous assurer du profond respect avec lequel j'ai l'honneur d'être,

MADAME,

Ce 20. Décembre: 1743.

Votre très-humble & très-obéissant Serviteur
D. De. M. A. O. V. l. r. t.

www.ingramcontent.com/pod-product-compliance
Lightning Source LLC
Chambersburg PA
CBHW061743180626
46818CB00006B/2726